一心一言集

和悦题

和悦　冯凯　著

山西出版传媒集团
北岳文艺出版社
BEIYUE LITERATURE & ART PUBLISHING HOUSE
·太原

图书在版编目(CIP)数据

一心一意集 / 和悦,冯凯著. — 太原:北岳文艺出版社,2022.2
ISBN 978-7-5378-6498-5

Ⅰ. ①一… Ⅱ. ①和… ②冯… Ⅲ. ①诗集—中国—当代 Ⅳ. ①I227

中国版本图书馆CIP数据核字(2021)第263192号

一心一意集

和悦　冯凯 著

//

出品人
郭文礼

责任编辑
马　峻

封面题字
和　悦

插　　图
张翔洲

书籍设计
张永文

印装监制
郭　勇

出版发行:山西出版传媒集团·北岳文艺出版社
地址:山西省太原市并州南路57号
邮编:030012
电话:0351-5628696(发行部)　0351-5628688(总编室)
传真:0351-5628680
印刷装订:山西人民印刷有限责任公司

开本:787 mm × 1092mm　1/32
字数:124千字　印张:6.625
版次:2022年2月第1版
印次:2022年2月山西第1次印刷
书号: ISBN 978-7-5378-6498-5
定价:45.00元

序

杜学文

多年前，和悦与冯凯出版了一本诗集，叫《边走边唱》。这是一本显现着青春之浪漫与忧郁的诗集，也是一种开始独立人生之追求，隐含着希望的吟唱。那时，与他们年龄相近的我，对身边出版了诗集的人还是非常羡慕的。因为我也是非常喜欢诗歌的一个青年，好奇、充满想象，对新鲜事物寄予希望，睁着自以为是却实则盲目的青春之眼，看着世界纷繁之变化。诗歌，也许是一种非常好的自我表达。

《边走边唱》是他们二人合作出版的，却不是共同创作的。这是一种各说各话的合作。他们分别收集了各自的诗作，汇集在一本书中。由此可以看出两位作者内心的纯粹。这就是他们并没有想成为诗人，并不希望用这样的方式获得与诗相关的名利。出版一本诗集，对他们来说只是建立在热爱之上的青年之谊。那时，他们大概也就是三十郎当岁，最多也就是刚过而立之年的样子。可贵的是，在大约过了三四十年之后，即将迎来耳顺之年的日子里，他们又要“合作”了。诗歌的浅唱低吟依然在内心涌动，岁月的晨钟暮鼓都转化成诗的抑扬顿挫。还是同样的方式，汇集各自所作之诗，出版一本新的诗集。这是在证明诗心之不老？还是显示诗歌对于人而言，具有不朽之魅力？如果我们知道之前之《边走边唱》，当然要感慨现在之《一心一意集》。诗歌，友谊，岁月，对于人的生命而言，可能就是最具意义的存在。

但是，他们并不是一般意义上的诗人。人们几乎不知道他们在写诗。他们的诗作基本不拿出来发表，哪怕是自媒体上也没有见过。他们也很少与人们提起诗歌，尽管多年前有诗集出版。从表象来看，人们也很少把他们与诗人联系起来。他们在不同的行当中行走自如，完成着社会设定的角色。一个从事行政事务，很少涉及诗歌的事项。另一个从事与诗歌背道而驰的事务，必须精打细算、理智行事，与诗歌强调情感的品性截然不同。但是，诗歌就是诗歌。不论你在哪里，做什么事情，诗歌总会执拗地生长在你的内心之中。对此，大多数人茫然不觉，错失了很多享受诗之美好的人生体验，或者也错过了许多可能会产生触动人心之作的大好机会。实际上，诗歌就生长在每一个人的心灵之中。只有那些具有强烈自觉性的人们才会捕捉住这稍纵即逝的灵感，并转化为诗。有的人可能会以此为志业，从事诗歌创作。还有的人，把诗歌视作人生珍藏之瑰宝，往往在月明星稀、夜深人静的时刻，独自进入诗的世界，让自己从纷繁嘈杂的世俗生活中暂时解脱，用诗歌来丰富自己的精神天地，享受生活的另一种幸福。大致来说，他们应该属于后者。

收在这本诗集中的诗作，就是他们在诗的魅力诱惑之中产生的成果。这些诗作显现出岁月的痕迹——并不是他们带有自传体意味的经历与人事的记录，而是他们在不同时刻流露出来的关于人生社会的感悟。随着时光的流逝，故乡“一棵老得不能再老的枯树/树皮都剥落了/遒劲的根脉/还在土里盘绕着”（和悦《故园》）。岁月给一切，包括这老树打上深深的印痕，但这树仍然坚韧地生长着。它的根并没有失去生长的意志，反而在土地中显现出生的力量。而村外，暮色苍茫的时刻，“中条山似乎成了云的一部分/轻飘飘地浮在半空中/树林变成了山/起伏的轮廓泼墨沉寂的永恒”（和悦《村外》）。在水墨画般的描写中，带有岁月感的村庄显现出不动声色的多彩之态，具有时间维度上的恒久之意。不过，这样的村庄可能是随着时代变化而变化的村庄。人的命运在这样的变化之中转化。它从某种角度显现出时光的流逝所隐喻的时代之变与某种生命的恒久之力。而在《太原往事》中，冯凯以鲜活的民间语言表达出对过往时光的留恋与怀念。“暑假成立了向阳院/写不完作业不能玩……南征北战，地雷战/男同学的弹弓枪只能打纸弹”。这些描写是经历过那个时代的人的共同回忆。

与此相应的是诗人对个人岁月的回顾留恋，以及时光难再的遗憾。“曾经的憧憬向往不再繁星满天，/脚下的匆匆步伐连接过去现在；/昔日不会重来，/人在旅途，心向天外”（和悦《昔日不会重来》）。伴随着岁月流逝的是对过往人生的反思与怀恋。在《冬天的故事》中，和悦把思绪返回了曾经的时光。那是青春期的迷茫憧憬，是初知人事时的懵懵懂懂，亦是多年之后重新回顾过去时光时内心世界的忐忑、审视与悔悟、倾诉。这种情绪性的表现与知觉性的表达形象地揭示了“今天”诗人的情感状态，具有直击人心的力量。

他们并不仅仅表达内心世界的某种感受，亦极关注具有重大意义的社会现象。如和悦《祈福玉树——4月21日全国哀悼日》，“玉树天高，/青藏高原之上与天接；/生灵云里来往，/经幡永不停歇。”在《祈盼》中，和悦祝愿“武汉涅槃重生/长江浩浩汤汤”，感慨“环球同此凉热/中华大国担当”。这些作品从个人的感受切入，显现出浓郁的主观情绪与个性色彩。同时，又表达出作者鲜明的家国情怀，以及与国家、人民共命运的价值追求。

即使是同样的题材，两位诗人也有极为明显的差异。相对来说，和悦基本上是浅唱低吟式的表达，而冯凯则属于铁板铜琶式的呈现。前者更强调个人的主观感受，后者更突出对历史、社会的描绘，题材领域更丰富广泛。前者受民歌的影响较深，多有"类民歌"的格式。后者则受古典诗词曲赋的影响极深，并有传统戏曲的影子。其语言也多有古意。可见作者古典文学与古代史话等传统文化的修养较为深厚。"听大风起兮胄甲铿锵/听投鞭坠兮塞断长江/听纶巾羽扇琴剑歌唱/听三十六计步儿踉跄走为上"。这是冯凯《垂帘听政》中的一段。这首诗并不仅仅是对"垂帘听政"历史的描写与反思，也显现出作者对历史文化的熟悉。其用词成句皆有古风。如果说和悦力图在诗作中遵循或创造一种诗的规制的话，冯凯则力图打破格式、韵律等对诗的限制。他往往一泻千里，有后浪追赶前浪之势；亦往往语无遮拦，气不停歇，不仅一鼓作气，而且再鼓作气，一气呵成。在《2020年的美丽想念》中，诗人写道："这是多么丰茂的画面。/中国将唤醒每一寸土地，每一条河流。/遥望黄土高原，遥拜青藏高原，攀登云贵高原，以及无数的盆地和三角洲。/让祖国山河增长至最新的海拔，最新的界面。/中国的每一个人被引领、被思考、被锤炼、被重塑!”作者用连续的排比、感叹来描绘在2020年“想念”的未来中国，显现出个人对祖国的希冀与信念。

又一个秋天来到了。这是一个值得纪念的秋天，是一个将要让人怀念与回忆的秋天。我们经历了很多的考验，也拥有了收获的喜悦，并对未来充满了信心。而这本《一心一意集》也将随着秋天的到来与人们见面。我无力写出更多的话语，但对诗歌仍然充满信心。希望有更多的人能够读到这本诗集。诗歌，不仅记录了我们的情感，也丰富了我们的生活，温暖了我们的心灵，像秋天赤橙黄绿青蓝紫异彩缤纷的果实，使我们感受到了生活的魅力。

2021年9月31日23:56写于晋阳

2021年10月5日23:49改定于雨中

目录

和悦诗歌集

冯凯诗歌集

和悦诗歌集

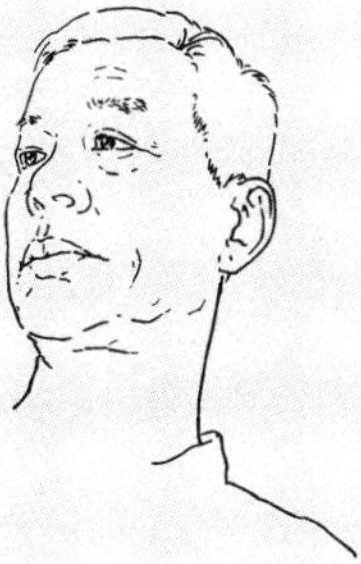

生　活

是在一万年前吧
也许更早
我记不清了

那时候
田野上没有屋子
土地很肥沃
是人微笑着播下种子
口哨就是牧歌
生活
生活

而今岁月已沉默
我们跳下古老的车
从被践踏的草里
找出那支野百合

为了你

为了你
该走的人
最后走了
等待她的人
还待在那座码头上
成了大河边上的
一粒沙子

梦 想

最后一个人
听最后的旋律
在辽阔的广场上
荡漾

最远一颗星
看最晰的身影
从萧瑟的秋林间
眺望

世界缓缓地
离我远去了
留下一个若即若离的
梦想

卡　通

窗外绵延的山
被冬天压缩
如暖气片一叶一叶
钉在墙上
梦是热的

一只难以名状的猫
伏在它的肩上睡着了
醒来时没注意到
自己已变了样子

其实这只是一幅漫画
人人都知道的
但笑不出声

我和你

我找雕像
雕像找你
你
找自己

我问雕像
雕像问你
你
问自己

我看雕像
雕像看你
你
看自己

我是雕像

雕像是你

你

是自己

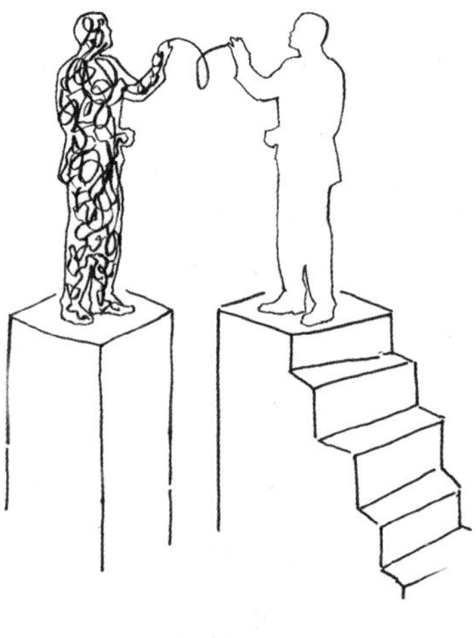

台湾竹

在为你沉默的凝视里
是谁的双眼溢满了热泪
朔风吹过　点点滴滴
洒向临窗的台湾竹
雪花　东一片西一片
白色的世界装点
白色的记忆，猜猜看
究竟丢失了什么
——呵　脚印

愿望的年代早已过去
新的历程尚未开始
为了咫尺天涯的等待
长期忍受孤独
孤独到只有自己
这是一个永恒的谜

一切因了你更加美丽
一切因了你毫无意义
如果再有意外的
悲欢离合　风霜雪雨
那么，你的每一片叶子
都结成绿色的伞吧
让我和我的灵魂
在你的周围缓缓地
飘呵飘呵
充满了隽永的诗意

送你一片叶子

送你一片叶子
送一个过去的故事给你
回忆起小时候的岁月
流下天真的泪水

送你一片叶子
送一次圆圆的别离给你
黄昏我们各奔东西
春天依旧互相致意

送你一片叶子
送一片金色的树林给你
假如你能梦回故里
找寻不到旧日的踪迹

送你一片叶子

送一份遥远的怀念给你
愿你把它植在心里
友谊的种子生生不息

【附记】生于1960年代，求学于1980年代，人到中年的时候，迎来新世纪的曙光。不说事业有成，不论境遇如何，今天的中年人大抵都是这样一种生存状态。有时候很忙碌，有时候颇无奈；有时候忍着耐着什么也不说，有时候脆着弱着觉也睡不沉。体力精力已大不如从前，心态状态也到了该好好调整的时候了。

一个人的时候

一个人的时候
家变得很大很大
世界显得很小
时间，是窗外的
那一朵云
不知不觉地走过去
仿佛什么也没留下
失落如一年的最后几天
得到的是无数的圣诞卡

祝福祝愿的话写在上面
冬天里一个温馨的童话

一个人的时候
安静得令人惧怕
声音有如神秘的客人
等待，是门外的
百级台阶
只听脚步声时起时落
不曾见有人上上下下
思念的心声渐渐消失
虽然也曾如诗如画
听到敲门声欣然前往
却道对不起应在楼下

心随云去

总有一种感觉说不出来
总有一份心情难以释怀
就这样心随云去了
轻轻地叮咛
款款地等待

总有一个心结它打不开
总有一双泪眼望穿天外
就这样心随云去了
浓浓地相思
默默地徘徊

总有一条河流通向心海
总有一个雨夜孤独难耐
就这样心随云去了
浅浅的梦乡

沉沉的雾霭

总有一个声音无处不在
总有一首歌谣经久不衰
就这样心随云去了
短短的从前
遥遥的未来

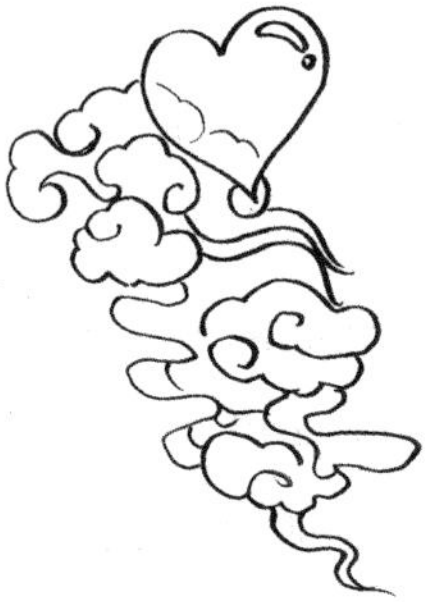

愿　景

找个浪漫的人
说浪漫的事
从前昨日
正当年少时

找个感伤的人
说感伤的事
旧梦依稀
楼空人已去

找个恬淡的人
说恬淡的事
天高云低
回首眼迷离

找个深情的人

说深情的事
厚爱不语
被感动一次

找个豁达的人
说豁达的事
不惑而立
天命当自知

找个自己的人
说自己的事
津津有味
心照且默许

流浪·1984

我是云
从山峰飘过
不属于山

我是河
从平原流过
不属于平原

我是眼泪
从手指间滑落
不属于悲哀

我是那爱
从你的心房走过
属于你
属于你

乡愁·1987

小时候
乡愁是很晚了还没有回家
母亲的泪
父亲的担忧

长大后
乡愁是校园里的窗户
月亮圆了还缺
云儿悄悄在走

现在呀
乡愁是亲人的叹息
也有两个家
却不知哪里是归宿

将来呢

浪漫渐行渐远

忙忙碌碌生活

云来云去天边

难忘2015

难忘2015
一个时代结束
另一段旅程起步

难忘2015
孩子成家立业
不忘白发父母

难忘2015
抗战胜利七十周年
胜利日假期不期而遇

难忘2015
两孩时代全面来临
独生子女不再孤独

难忘2015
天津爆炸余音未了
深圳滑坡骇人耳目

难忘2015
中医中药青蒿素
诺贝尔奖呦呦屠

难忘2015
叙利亚大国角逐
难民潮席卷欧洲

难忘2015
世界气候《巴黎协定》
气温控制不超两度

难忘2015
冬天不冷雾霾不去
新年快乐祝愿祝福

盼雪·2017

每年冬天都盼着下雪
每年冬天的雪
远在他乡
身姿摇曳

每年冬天都盼着下雪
每年冬天的雪
姗姗来迟
惊鸿一瞥

每年冬天都盼着下雪
每年冬天的雪
不期而遇
心灵有约

每年冬天都盼着下雪

每年冬天的雪

大年三十

早春二月

雨　夜

雨　会一直下么
风　带来的清凉
像是秋天

灯　会一直暗么
光　闪烁的迷离
有些阑珊

树　会一直等么
叶　流出的泪水
不是港湾

人　会一直在么
影　斑驳的足迹
似近还远

落日·余晖

落日，
是悬在城市里的夕阳；
余晖，
是漾在黄河上的波光。

秋天的黄昏，
从太原飞到运城机场；
还是那个夜晚，
由运城到芮城的山路，
看不清车窗外的模样。

暂时抛开生活的喧嚣，
大禹渡极目黄河浩浩汤汤；
高台扶栏把盏临风，
气定神闲物我两忘。

从不同的地方，
端详太阳的光芒；
同一时间两样怀想，
城市是城里人的蜗居，
山河之间，天地亦村庄。

秋　天

随风掠过，
听树叶子的沙响；
仰望天高云淡，
享受午后的阳光。

果园深处，
小路隐现通向远方；
独立尘世外，
端详城市的模样。

残垣厚重，
掩藏散落的蜂箱；
百草又凋零，
大地飘摇着青黄。

农人劳作，

锄起锄落不慌不忙；
大声问她忙些什么，
未知就里笑笑无妨。

秋　思

我在楼门口坐下——
点着烟，
风吹秋叶路灯圆。

两栋楼之间，
停着很多车，
几家窗明几家暗。

十月的运城不冷，
花团锦簇似江南。
年迈的父母早早歇了，
妻女还守在电视机前。

路边买了一颗三白瓜，
不好吃只为尝尝鲜。
与家人在街边吃烧烤，

少了暑热多半是清闲。

黄金周成了黄金“粥”，
人满为患的不只故宫和华山。
现场直播蔚为壮观，
钱塘大潮如约往返。

小崔说立波秀。
他们怎么走到了一起——
看上去璧合珠联。

这个假期很长，
中秋国庆双节同欢。
高速公路免费了，
家福利、国承担。

风往北吹

萧瑟冬天里，
午后小城外；
风往北吹，
款款无尘埃。

明媚晴空里，
远山色如黛；
风往北吹，
如约自然来。

流动市声里，
故人今何在；
风往北吹，
婆娑胜重彩。

起落脚步里，

他乡客居怀；

风往北吹，

来年春似海。

冬天的故事

一

早晨，苍白的太阳
照在玻璃上
却已失去了温暖的颜色

风不倦地到处奔波
那一片树林始终无动于衷
雀儿一如往昔地欢歌
所有的窗口都保持缄默

二

难道，脚步声
不会再响起了么
有一层薄薄的平静
会被敲破

谁，在等待着
等待着谁
这些都没有人知道
而且，也不为什么

路，总是躲在那幢房子后面
房子很高也很古老
只有云才能掠过它
只有梦才能将它诱惑

三

记忆
像有什么心事似的忐忑
让我告诉你
现在下雪了

四

不该让你流那么多眼泪

告诉妈妈
那是我的无知我的错

不该让你有那么多叹息
告诉黄昏
那是沉重的嘱托

不该让你在寻觅中飘逝
不该忽视你即将远行的沉默
不该把你的梦带走啊
不该把你的心
交给浑噩的熊熊烈火

告诉田野
告诉江河
告诉所有遭遇了
厄运的朋友们
甚至黑暗中的烛光
甚至即将离别的片刻
请他们能理解

并且原谅我

我是你的纯洁的白衣使者
我是你的谦卑的无花果

五

一切都会湮没
唯有仇恨
唯有邪恶

是谁微笑着，暗示我
不会的
不会的

六

要是绿叶
曾在小雨中啜泣
那么，请它在十月的霞光里

安慰自己吧

要是真诚能被理解
要是错误不致毁灭
那么，我愿意是真诚的
和犯过错误的

七

一路平安
多么迷人的音乐
凝视的音符
在蓝色的旋律里闪烁
我反复地想从其中
听出点什么

是童年的亲切朦胧
是旧日的苦辛欢乐
是踩着落叶的幻想
是只有惆怅的寂寞

是不断追求和漫不经心的
是深信不疑却又开始纳闷的
总之，是一路上寻得又丢掉的

八

不要质问我
这到底是因为什么
曾经，我真的那样想
只是没能想得深刻更多

也不要责备我
如果没有迷途的几经周折
生活将永远只是神话和传说

也不要捉弄我
我没有也不曾
献给谁带刺的血色花朵

也不要遗忘我
虽然我是微不足道的
沧海一粟
虽然我是天涯海角的
潮涨潮落

九

只有长大了
我才懂得珍惜
而当我懂得这些
我已长大了

十

满目萧条中
总有什么要生存下来
凡和生命连在一起的
人们都把它交给春天
并且叫它做强者

无雪的冬天

太原人这个冬天
最期盼的是下雪
雪来了
如同声声呼唤的游子

从城市中轴线
迎泽大街出发
沿滨河路南回
雪如尘
在车前车后漂移

黄昏时分
暮色苍茫的时刻
万家灯火如约而至
雪无语
未知何处归去来兮

片刻的片刻
稍微的稍微
薄雾如纱笼罩天地
雪远去
徒留我和我的叹息

【题记】写诗的年代已经过去了，或者说真正属于诗的年代尚未到来。尽管茅盾先生说，十七八岁的时候每个人都是诗人。我也曾经历过“少年不识愁滋味，为赋新词强说愁”的阶段，并且还出版过一本诗集叫作《边走边唱》。过眼烟云，花开花谢，忙忙碌碌之间，已过了不惑之年。诗、写诗、吟诗，及其孕育的风花雪月诗情画意，该是一个久远的梦了。

故　园

一棵老得不能再老的枯树
树皮都剥落了
遒劲的根脉
还在土里盘绕着

一间旧得不能再旧的老宅
窗户都变形了
门上的对联

还在风里飘摇着

一堵矮得不能再矮的短墙
土坯都风化了
年轮的影子
还在黄昏伸展着

一口细得不能再细的水井
深得都听不到回声了
吱吱呀呀的辘轳
还在村口吟唱着

一双眯得不能再眯的眼睛
泪水都流干了
清清的冷月
可还在山上守望着

村　外

夕阳西下，暮色苍茫的时刻
中条山似乎成了云的一部分
轻飘飘地浮在半空中

树林变成了山
起伏的轮廓泼墨沉寂的永恒
南同蒲铁路如线
牵系着出发和到达的人之常情
火车什么时候来呢
东夏线公路是被淋湿了的飘带
蛰伏在晋中的平原上
只有一辆摩托车一掠而过
倏忽间不见了踪影
这棵扇形的柳树真是不小
占据了很大一片天空
牛儿在树下嚼秋天的青草

它还认识回家的路么

村庄堆积成一座城堡
窗户之眼忽暗忽明
重复总也讲不完的童话
回忆什么打算什么张望什么
梦醒时分，也就该收获田里的庄稼了

厚土老屋

厚土有多厚
老屋子就有多厚
西风吹过来
树叶子落满沟

厚土有多厚
老屋子就有多厚
山路高过头
柴扉虚掩炊烟稠

厚土有多厚
老屋子就有多厚
春种秋天收
一万年不算久

厚土有多厚

老屋子就有多厚

天长人不归

鸡犬相闻谷自幽

碾子　碾子

（半个世纪前，它就是这个样子）

那个时候
上细㙟没有通电
村子里的人围着碾子转圈
姥姥的一双小脚
姥爷宽厚结实的双肩

那个时候
上细㙟人丁兴旺
百十口人是个大族苑
婶子妗子去摘花椒
舅舅表兄端着大碗
坐在窑洞前

那个时候
上细㙟集体生产
队里的几十只羊

羊倌是那个终身未娶的红脸大汉
他经常下到沟里
替姥姥家挑水
放下水桶
又挥起他的羊鞭

那个时候
上细堙只有一间土坯房
五个年级的子弟挤在里边
书珍老师先给一年级上识字课
再问二年级的算术作业
写没写完
父辈都是文盲
子辈能打算盘

那个时候
上细堙不通公路
车到宋家庄
还有十里山路上下蜿蜒
天高谷深山道弯弯

一层一层的梯田
望也望不到边

那个时候
上细堙只有一个姓氏
村东村西宗亲血缘
我这个外甥算是“奇谈”
无忧无虑的三年
不悲不喜的童年
姥姥姥爷养育我
村里的人也拿我当自己人看

那个时候
上细堙是尘世外的港湾
水流不走土
风吹不动山
五谷杂粮的日子
自给自足的家园
一年只有春秋两季
一生终归天地为伴

城市与乡村

城市是上班族赶路的地方
乡村是种田人生活的故里
城市人西装革履衣冠楚楚
生怕弄脏了衣服的领子
村里人布衣布袜朴实无华
抖一抖尘土也就干净了

城市人借钱装修公家的房子
村里人盖好自己的房子
也就没有装修的钱了
从封闭的阳台上放眼望去
只能看到对面的一栋楼宇
在柴扉虚掩的院子里看看天
能找到比一座城市还大的星际

村里人不爱看书也不怎么看电视

夏天坐在院子里谈天
冬天围着火炉子说地
汗水滴进土里凝结成
沉甸甸的收获　其实
一天无非早晚一年不过四季

城里人记不住农历和节气
春天踏过一片草地也很在意
秋天把花盆全都端进家里
一天一天的日子累积成岁月
全都刻在手腕上的表里
要是不上网不读报不看电视
就不知道这个世界是怎么回事

谁若拿农民还不当回事
那正表明他的无知
若是丢失了城市里的村庄
那就去乡下　款款享受
土地上的田园气息

人在太原

来太原是在1980年
没有梦想没有好奇没有怀念从前
迎泽大街坞城路北营火车站
山西大学张开双臂
接受我这南来的少年

活在太原已经三十八年
有了工作有了家庭有了生活朋友圈
龙城大街滨河东路高架路上南中环
上下班的路走过一天又一天
去趟柳巷至少要过三年

留在太原未知何夕何年
四十不惑五十知天命过眼云烟
钟楼街依旧西羊市拓宽新地铁连接新南站
日新月异辽阔的天际线

穿城而过的河水生机盎然

爱在太原是水到渠成的积淀
陈年陈醋大碗剔尖最是头脑清和元
都说深圳苏州才是移民城市
老乡见老乡全凭方言
潜移默化山西梆子莲花落
太原普通话是新太原人的标签

在成都

上次在成都
拜谒了千年都江堰
这次在成都
慕名走进了小酒馆
玉林路装修进行中
世大会[①]推到了明年夏天
殷勤昨夜三更雨
四月的榕城很温暖

每次来成都都有缘
新朋老友在微信朋友圈见了个面
执手尽尽地主之谊
品茗话说一路平安
待到来年春暖花开

①世界大学生运动会。

小酒馆里如约相见

蜀汉豪杰武侯祠
锦里长街在旁边
宽窄巷子四合院
烟火气　天高远
在那个灯火迷离的夜晚
我不想回头看
成都　没有一点陌生感

每次来成都都有缘
新朋老友在微信朋友圈见了个面
执手尽尽地主之谊
品茗话说一路平安
待到来年春暖花开
小酒馆里如约相见

中途港

——和冯凯君

中途港是驿站
有心之人营建
大学同窗
欢聚团圆

中途港是港湾
相投之人打点
同学堂前
笑脸灿烂

中途港是温暖
不惑之人慨叹
抚慰从前
青春少年

中途港是起点
长大之人扬帆
秋清气爽
前程自远

贺年卡

愿你能愉快
不再藏着忧郁
愿你能坚强
不再悄悄叹息
愿你能被大家理解
不再失去生活的勇气
愿你能为理想献身
不再依恋缠绵的暮雨

愿你的思索不仅是难忘的回忆
愿你的追求不再是缥缈的海市

愿你会幸福
愿你听到爱的心声
——而不再是寂寞的相思
愿你会如意

愿你看到美的真谛
——而不再是堂皇的虚伪

愿你的眼睛
是深清的湖水
愿你的歌
是无声的惊雷
愿你的长发
是冲锋的旗帜
愿你的青春
是长城的不远万里

愿你能成熟但不是鹅卵石
愿你珍重但不是游弋的云絮

双节快乐

双节快乐是繁体字
国庆中秋熠熠生辉
多少年才能等到这样的日子
庚子鼠年八月十五
2020年10月1日

双节快乐在图画里
家国自己三全其美
多少人拥有了这样的日子
祝福那些叫或者不叫
国庆的孩子

双节快乐最难将息
叶黄霜白秋风秋雨至
多少繁华散尽都是这样的日子
这个季节很宜人

从阳台上赏月的城市

双节快乐情不自抑
他乡故乡最是父母挥之不去
多少爱藏在心里难忘这样的日子
走在回家的路上
才知道生活不是传奇

年终岁尾歌

年龄逐渐增大，
日子过得越来越快；
举手投足之间，
年终岁尾不请自来。

忘记了春天的花开，
疏忽了夏暑的难耐；
秋风刚刚吹过，
冬雪无语告白。

孩子长大成人，
父母青春不再；
牵挂与被牵挂，
曾经的过去和未来。

少了浪漫的色彩，

多了如歌的实在；
一天一天的忙碌，
一年一年的期待。

天各一方水流云在，
长街南北车往人来；
上个世纪那个年代，
听听老歌看看球赛。

年终岁尾如约而来，
辞旧迎新把握现在；
祝福祝愿的贺卡，
如诗如画的情怀。

无题（夕阳西下）

夕阳西下
山水间
诗和远方的门

雨后初霁
四月里
谛听天籁之音

五一五四
小长假
看游人多处行

在家挺好
散散步
晚睡晚起莫名

【题记】万里黄河自古向东流。在山西，她走过了七百余公里由北而南的路途。在山西人眼里，黄河是从老牛湾来的。悄悄的，与我们擦肩而过，远去了。在黄河边上长大的山西人，总是对母亲河有一种割舍不去、欲说还休的情感。不知多少次了，只要到了离黄河不远的什么地方，总要去看一看黄河。

黄河远去

一千年一万年
黄河流过黄土高原
从不同的地方
看看她的脸
都会找到一样的答案

一千年一万年
黄河流过黄土高原
在不同的季节

抚摸她的脸
都会感到一样的冷暖

一千年一万年
黄河流过黄土高原
让不同的风雨
吹拂她的脸
都会看到一样的泪眼

一千年一万年
黄河流过黄土高原
用不同的岁月
刻画她的脸
都会听到一样的语言

你是谁

离你很近也很远
恋你很深也很浅
我不停地问自己
你是谁
你是谁
山外的风景
一眼望不到边

爱你很冷也很暖
怨你很苦也很甜
我不停地问自己
你是谁
你是谁
千年的黄土
走啊总也走不穿

距 离

我走近你
你拥抱我
浪漫的距离有多远
用爱情走过

繁星满天
梦想几多
青春的距离有多远
用年轻走过

三十而立
四十不惑
知天命的距离有多远
用生活走过

春华秋实

岁月蹉跎

人生的距离有多远

用四季走过

夕阳里的树

是生活
比生活更诗意
风掠过
婀娜多姿

是远方
比远方更无际
霞落处
山高云低

是节气
比节气更迤逦
三月里
草长莺飞

是记忆

比记忆更清晰

子夜时

月明星稀

乾坤湾

龙之图腾
华夏民族的信念
豁然天地之间

海之召唤
百转千回亿万年
崇山峻岭无言

神之巨椽
鬼斧神工的画卷
云卷云舒天边

人之常情
中国山西的经典
铺陈永和关

母亲河

十五的月亮在天上
黄河是银色的
两岸村庄依偎着
黄河是温婉的
浪花拍抚泥沙
黄河是宽厚的
天远山近舟自泊
黄河是辽阔的
我在高台端详着
黄河是唱着歌的

当地人告诉我
只要在永和
就能切身感悟到
黄河是自己的母亲河

梯　田

南国数哈尼
元阳最美
北方是永和
叹为观止

黄土高原上
谷深峦立
方圆六百里
无边无际

山水田林路
生态治理
收获如约来
远方和诗

四时各不同

大地轮回

登高可俯瞰

农耕肌理

观光加旅游

农业之翼

金山叠银山

永和可期

袁隆平

袁隆平仙逝
仰望并且悲伤
忙忙碌碌一辈子
是时候稻下乘凉

袁隆平品牌
闪耀世纪光芒
杂交水稻之父
稻田躬身插秧

袁隆平平凡
不改本色模样
一生做好一件事情
年年岁岁雨雪风霜

袁隆平传奇

奉献世界更多食粮
让天下人吃饱肚子
亘古不变的泱泱梦想

郎　平

郎平是智者
审时度势　理智选择
从运动员到教练
从一次成功到另一次收获

郎平是行者
不顾伤痛　到处奔波
从地球这头到那头
从一个背影到另一个轮廓

郎平是强者
初心不改　坚定执着
从谷底到巅峰
从一回落寞到另一回拼搏

郎平是使者

举重若轻　大开大阖

从偶像到旗帜

从中国的到世界的

航天员

中秋节前
团聚的时刻
航天员回到家

整三个月
九十个日夜
暑夏仲秋霜花

载人飞船
神州十二航天
空间站 龙华夏

三人乘组
往太空出差
遥望地球烟霞

宇宙深蓝

遥感问候神话

人类整装待发

【岁末絮语】眼看着，细数着，浑然不觉当中，又是岁末了。

随着年岁的增长，想说的话却已不多——或者无从说起。于是，将至少二十年前，写在贺年卡上的句子，放在这里。

那是一个叹息、忧郁，少年不识愁滋味的年龄；那是一段思索、追求，不惜为理想献身的岁月；那是一份寂寞、相思，无言独上西楼的光阴；那是一阵冲锋、旗帜，交织着青春永驻的情怀。

俱往矣，数风流人物，还看从前了。

往昔的日子很长，今后也还很远，让我们一起往前走。好在新年就要到了。

祈福玉树

——4月21日全国哀悼日

玉树天高，

青藏高原之上与天接；

生灵云里来往，
经幡永不停歇。

玉树临风，
三江源头之水清且洁；
长河流域华夏，
雪山朋措达杰。

玉树遗址，
十万百姓无语黑四月；
家园废墟里，
嘉纳玛尼咽。

玉树不倒，
格萨尔王有知续新页；
最后的天堂，
中国动世界。

【题记】还记得非典么？2003年的这个季节。倏忽之间，四年过去了。现在回想起来，一切都还历历在目。世界因非典而“非典型”了一回；城市因非典一下子变得空前卫生；而人呢，觉得生命可贵了。

非典时期

非典时期的寒暄很别扭，
熟人见面省了握手只问好；
非典时期的电话很悲壮，
一声保重跨越雄关漫道；
非典时期的短信很热闹，
饭前便后勤洗手，
您可千万别忘了。

非典时期的城市，
没有变成一座孤岛；
非典时期的生活，

弥漫着浓烈的过氧乙酸味道；
非典时期的眼睛，
含着泪水从容地微笑；
非典时期的体温，
一早一晚量一量，
您可千万别忘了。

非典时期的白衣天使很神圣，
春风化雨莫道君行早；
非典时期的母亲很伟大，
无眠的夜晚独自承受煎熬；
非典时期的女儿很多情，
出门买菜多穿点，
您可千万别忘了。

非典时期的风筝，
沿滨河两岸越飞越高；
非典时期的距离；
不是疏远而是渐行渐近；
非典时期的窗户，

流通着人与自然的和谐美好；
非典时期养成的好习惯，
随时随地别吐痰，
您可千万别忘了。

武汉平安　中国吉祥

新型冠状病毒
庚子阴霾游荡
武汉三镇长江
疫情严峻洪荒
你若平安
我便吉祥
武汉平安
中国吉祥

封城隔离追踪
彰显中国力量
通风洗手口罩
少有人员来往
你若平安
我便吉祥
武汉平安

中国吉祥

全国驰援武汉
各行各业后方
医院不是孤岛
生命孕育希望
你若平安
我便吉祥
武汉平安
中国吉祥

非典前事不忘
众志坚强如钢
严冬终将过去
春天就在前方
你若平安
我便吉祥
武汉平安
中国吉祥

中学时代

也许，那个时候过于紧张了
我没有能够学会思索
更不会在屋檐下站到很久、很久
每当我在铺满落叶的小路上读书
金色的夕阳便遗落在教室的窗口

也许，那个时候过于单调了
我从没有发现我自己
还有一副深情辽远的歌喉
那一次我们从黑夜唱到黎明
却是在最后洒泪分手的时候

也许，那个时候过于粗心了
有一位沉静的女生曾走进我四周
操场、阅览室和晨风中的老榕树
有时我在黑板上写下练习的题目

她的眼睛里便答出淡淡的忧愁

也许，那个时候过于任性了
匆忙中从未理会母校的温柔
老师、作文和字里行间的关注
每一颗远在他乡的心啊
都渴望能再听到钟声悠悠

也许，那个时候失去得太多了
是一切属于年轻的欢乐和自由
似乎我们都不曾享受
然而我欣慰得到比失去的
最可珍贵而深厚

1963

——致我的同龄人

在20世纪待了三十七年
本世纪又二十年过去了
做个跨世纪的人不难
少见谁活过一个世纪的

日子一天一天一天地过
岁月是波澜不惊的河
上学第一天都做了些什么
未必有人还能记得

甘苦自知一直都在爬坡
活个充实看淡成败几何
忙忙碌碌嬉笑怒骂过往都是歌
返璞归真天高云淡看看城外景色

说话就退休关闭工作模式
不光挂在嘴上默默准备着
出了门不知道该往哪里走
半辈子养成的习惯南辕北辙

父母健在的已属少数
子女成家的年月都差不多
不少人三代同堂一家之主
深居简出安享天伦之乐

一件事说多遍开始絮絮叨叨
少了浮华步入从容不迫
圈子越来越小见面也不多
偶尔发个微信去趟南方如何

世界风云际会我们没错过
中国天翻地覆我们经历着
当年工资几十住着单位的房子
谁敢想哪天自己家买辆车

从农村到大学跳过龙门
从小地方来大城市营造生活
乡音未改时容颜已老去
过年回家时忐忑又奈何

20世纪挥洒青春花开过
21世纪洗尽铅华向往着
做个跨世纪的人很难得
与世纪同行一路同此凉热

昔日不会重来

曾经的青春年少徒留花谢花开，
难忘的风花雪月已成一片空白；
昔日不会重来，
20世纪，80年代。

曾经的新知故交已经天各一方，
纯真的眼泪欢笑化作烟云雾霭；
昔日不会重来，
繁华散尽，大地情怀。

曾经的憧憬向往不再繁星满天，
脚下的匆匆步伐连接过去现在；
昔日不会重来，
人在旅途，心向天外。

曾经的家乡故土残留记忆深处，

融融的父母膝下业已容颜更改；
昔日不会重来，
洗尽铅华，水流云在。

老之不至

老去的年龄很宽泛
五〇　六〇　七〇
八〇后是哪一年

老去的状态很平凡
入职　上班　退休
习惯终归成自然

老去的概念很简单
青年　中年　老年
老顽童回归少年

老去的光阴很恬淡
夏暑　秋凉　冬藏
春暖花开说从前

所有的往事

所有的往事有多少
懵懵懂懂的孩提时代
情窦初开的少年情怀
结婚了，成家了
初为人父母，才懂得
父母的厚爱

所有的往事是多少
想遗忘的耿耿于怀
要记起的芳草天外
春已暮，秋正浓
过了不惑之年，才知道
不惑的明白

所有的往事知多少
颠簸着忙里偷偷闲

苦乐中东方悄悄白
别旧岁，迎新年
最真是从容，才向往
从容的自在

所有的往事都来了
所有的往事终将离开
所有的往事都来了
所有的明天依然存在

无题（年少是个过程）

年少是个过程
不能说
一说就是错

青春是段旋律
不能唱
一唱就是歌

生活是把钥匙
不能丢
一丢就换锁

回忆是坛老酒
不能喝
一喝就蹉跎

岁月是那四季

不能缺

一缺就萧瑟

Being a Teen is a Journey

Being a teen is a journey;
It can't be told;
Otherwise it'd be flawed.

Being a youth is a tune;
It can't be sung;
Otherwise it'd be a song.

Life is a key;
It can't be lost;
Otherwise the lock must be changed.

Memory is a bottle of vintage wine;
It can't be drunk;
Otherwise the years would be gone.

Time is the four seasons;

They shan't be missing;

Otherwise it'd be really depressing.

Translated by LJ Yan

祈　盼

待到疫情解除时
你若相邀
我便前往
兄弟度尽劫波
姐妹千千衷肠

待到疫情解除时
你若平安
我便吉祥
武汉涅槃重生
长江浩浩汤汤

待到疫情解除时
你若凯旋
我便仰望
战士白衣天使

雷神火神方舱

待到疫情解除时
你若还家
我便回乡
融融父母膝下
切切儿女情长

待到疫情解除时
你若哭泣
我便悲伤
逝者斯人已去
活着不弃不忘

待到疫情解除时
你若感佩
我便坦荡
环球同此凉热
中华大国担当

Prayers and Expectations

After the pandemic is over,
If you send me an invite,
I shall go:
Brothers as survivors,
And sisters sharing a thousand tales.

After the pandemic is over,
If you are safe,
I shall also be well.
Wuhan as a phoenix reborn,
The Yangtze flowing great and long.

After the pandemic is over,
If you return victoriously,
I shall look up at you and admire:
Warrior angels in white,
The Thunder God, Fire God, and

Noah' s Nightingale Hospitals.

After the pandemic is over,
If you come home,
I shall go back to my hometown,
Being cheery and cheerful with my parents,
Being deep in love and lust.

After the pandemic is over,
If you cry,
I shall be sad:
The dead have passed away,
The living will not forsake and forget.

After the pandemic is over,
If you are touchingly grateful,
I shall be relieved:
The globe follows this standard, and
China as a great nation pulls its weight.

Translated by LJ Yan

这一年

——致我们五十岁以上的朋友们

这一年挺忙的
做了不少事
想要做的
还有很多

这一年挺累的
年龄不饶人
惑与不惑
天命自酌

这一年挺快的
水流云亦去
光阴如梭
生命如歌

这一年挺好的

变与不变中

离散聚合

依然故我

This Year

This year's been rather busy
Done a lot, with
More to do.

This year's been rather exhausting
Feeling the age
Temptations or none
Heaven knows.

This year's been rather short
Water flows old while the clouds stay.
Time flies
Life sings.

This year's been rather good
The changing and the not

Being away and back

I still am who I am.

Translated by LJ Yan

冯凯诗歌集

诗往哪里安放

一碗菠菜豆腐　绿色的诗歌
一碗米香翻滚　金色的诗歌
真正奢侈的诗呵，歌呵

三十年来的中国，真是一个魔
五谷在田边最密集地生长，
草莓和樱桃不分季节的结果
摩天大楼如同被插秧的稻禾
高速公路像维吾尔族姑娘的辫子一样婆娑
美貌和财富　比汉赋都要铺陈，豪奢得多
构思和设想　比唐诗都更瑰丽，壮阔得多
现实建筑得比诗歌都富于想象
还需要什么诗歌作浪漫的吟哦
诗无人诵读了　诗心在哪里安放
可是辞藻还烁闪着光芒
可是韵脚还在时时作响

我们继承着前人

做了鹳雀楼岳阳楼上的眺望者

我们继承着前人

做了桃花源滕王阁里的同行者

杜甫的秋风仍在破损城郊的茅屋

白居易和卖炭翁呻吟得那么羸弱

阿房宫里　生香的脂粉重又腻涨渭河

王谢堂前　势力的燕子飞回旧地做窝

《出师表》里贤臣小人有永远说不尽的掌故

《盐铁论》中孰得孰失是永远说不清的疑惑

无数的改革兮　持续的开放兮

雷厉风行的政治兮

巍然的大厦兮　川流的车辆兮

此起彼伏的民生兮

我爱的大国兮　我爱的小我兮

我企图厘清的道与德呵

我的功业呵　我的运命呵

我无从选择的负重与失重呵

心往哪里安放

诗往哪里安放

六十年 一幅江山妖娆的图画哟
前三十年　先求国家强　后求百姓富
后三十年　先求百姓富　后求国家强
执政党的悟觉　共和国的前程
先百姓哪后国家　永远不能忘
民生的冷暖　民利的轻重
民智的开阖　民心的背向
重于一切伟大的举措
重于一切伟大的设想

诗歌在哪里
诗心在哪里
在百姓的粥碗里
在百姓的荷包里
在高高举起的思虑里
在轻轻落下的顾怜里
在牛羊满坡的太行吕梁山上
在禾稼黄熟的汾河黄河边上
在太行吕梁以南以北所有中国的崇山峻岭之上

在汾河黄河以西以东所有中国的江河湖泊之上
在所有今天的得失　荣辱　成败之上
在所有今天的政治　谋略　功业之上

清明赋

维公元2009年，又值清明。我华夏民族史贯五千春秋，岁分廿四节气，清明者，当其一。为何年年动百姓千家之情愫？为何岁岁起千乡万村之幽思？缘春秋以降，有介子推公，助重耳以复晋国，舍勋名而隐丛林。

君焚绵山欲偿臣功，公殉树穴苦守贤声。介公休，介休名。千秋寒食俗，万世愧火心。袂连清明节，开例祭英魂。尔来两千五百岁，秦晋湖湘同呼应，炎黄种姓之繁衍，华夏文明之继承，源源相与袭，流流共潮生。今当2009年，我中华复兴之世，更感念五千年先贤薪火相传，数百代功业血泪共沃。是故广袤中国，苍天之下，山之巅，川之垣，坡之脊，水之畔，洌酒共酹滔滔，醇香齐祝渺渺：恩泽不忘，地老天荒；勋业不忘，山高水长；苦难不忘，发奋图强；患忧不忘，刮垢重光！

清明者，首在祭奠祖先。高堂悲白发，庭前绕儿孙，是人生感受的责分；彰扬氏族光荣，述说乡梓沧桑，是使命赋予的凝重；往下亲，是一辈辈人始终不渝的幸福职责，往上孝，是一代代人不敢泯灭的虔诚良心。最难忘是母乳的甘甜，父爱的背影。最伤感是慈爱成为忘不了挽不住的笑貌音容！最欣慰是父业子继，父德子承。塚中骨，塚外人，一炷香，三杯酒，万思牵绕，百念沟通！最期望是天上英灵，保佑子孙，五体康健，七窍聪明，书声琅琅，虎虎生风！百姓千家，遍连州省，合家欢乐，举国繁荣！

清明者，重在祭奠前贤。秦陵昭陵，埋藏千秋伟业，孔庙关庙，供奉万世师表。昭君墓岳飞墓，女之忠男之忠，武侯祠柳侯祠，谋之臣谏之臣。想念毛泽东，耳边似闻东方红；不忘邓小平，心中唱起春天颂。君为轻，民为贵，社稷为重；仁爱人，人为师，富贵如云。非攻之，兼爱之，不战而能屈人之兵；中为体，西为用，有容乃知华夏胸襟。组织起来，自力更生，神州六亿大旗红；解放思想，改革开放，东方风来满眼春。一脉炎黄民族上下奋斗五千年，百家豪杰俊彦共同雕造中国龙。前人萎矣，新秀如林。在此祭告，世代先人：失地回归，江山又统！老大故国，浴火重生。奥运开盛筵，神七太空行。经济携万邦，富国兼富民。满国英雄皆青丝，万户儿女竞姿容！

清明者，贵在祭奠历史！堂堂中国，百劫千难，回溯既往，击节拍案；同文同轨，秦统江山；以暴制暴，九州揭竿。大汉尊儒，威峙雄关；宣武扩边，致酿内乱。盛唐壮丽，气象非凡；绮丽靡费，终至惨淡。南北宋朝，文章灿烂；纤弱至巧，气息奄奄。朱明开边，国土辽远；放纵欲望，自裁煤山。清十三朝，夕惕朝乾；颟顸自大，屡遭涂炭。民国肇建，别开生面；轻漠民生，金陵梦残。新生共和国，日月换新天。积弱思巨变，雄心干云天。一刀图快然，万方有差偏。元勋憾然去，梦留强国篇。市场经济开新川，科学发展上层峦；因地因事制其宜，公平公正作标杆。不图大，不争霸，敢临难，敢作先。起华章，奏凯旋；和其众，谐其弦。

清明者，清且明。天下清，乾坤明。遗德兼遗爱，化为雨纷纷。遗愿共遗计，天边作彩虹。天下清，乾坤明。奠酒不只为祈福，屡挫屡折求从容。峰谷从来常接连，高云低水，无不豪情！天下清，乾坤明。梦不断，情不穷。揽辔青春地，振翅不老峰。清明酒祭尽，满目尽葱茏。一年春来春无限，正待奇花次第红。迷雾终有散，还我天下清；迷雾纵有聚，奈我乾坤明！清明，清明，万物清明，万里清明！

列祖列宗，呜呼尚飨！

时2009年4月5日。

清明中国图

天赐中国三秦与三晋
天赐中国湖湘与齐鲁
天赐中国北海共东海
天赐中国西湖并东湖
天赐中国　青山绿水一幅画
天赐中国　物华天宝人间仙境总不如
昔有宋贤张择端
锦心绣手绘就《清明上河图》
汴河两岸风光好
人物风流多楚楚
街市似有苏东坡
沁园春水调歌头
层楼仿佛李清照
鹊桥仙子　七叉八声思甘州
杨花无限柳无限
暖风吹过酒旗矗

青骢马上少年狂
冠盖之下念奴羞

大宋风光云烟去
剩留旧画传千古
君不见　春分之后又清明
君不见　古柏新松待复苏
君不见　唐明故国正中兴
豪迈风流胜过旧疆土
君不见　四时分明好运来
和谐富强功业越千古
我意我情正盎然
为君写就《清明中国图》

黑吉辽　飘飘瑞雪才消尽
海南岛　滚滚春水看不足
大上海　万国珍宝开博览
广州城　千姓健儿待竞逐
天山脚下　灾后牛羊有新绿
汶川新城　楼宇连营如画图

高原古拉萨　翩翩班禅引得万目注
冰上温哥华　飒飒健儿引来千人呼
八百万学子备大考
两亿农民打工族
免去税赋的田野上
喜看稻菽重重浪
社会主义新农村
人在画中闹丰收

改革开放哦和谐相处
学习欧美哦度人自度
我马背上的民族哦
我船板上的民族
我高原上的民族哦
我田埂上的民族
我老而弥新的民族哦
走过直线　走过圆弧
走过血浓于水的海峡两岸
走过高耸入云的五十六根擎天宝柱
走过天安门前三十四省异彩纷呈的花车

走过五大洲注目里　十三亿排闼如潮的脚步

减少碳排放

重现楚天千里清秋

增长民权力

后天下乐　先天下忧

中国无穷大哟

宝藏无数人才也无数

中国无穷广哟

福泽无数祸害也无数

中国一场雨哟

才打落山头满树花

又灌溉了山脚好田亩

中国一阵风哟

卷我屋上三重茅

却吹绿了千枝万梢头

危机来时　从容应对　看乱云飞渡

挑战临头　敢于担当　展中国功夫

层楼远望春无限

重回天地绿九州

千金纵买相如赋
难将清明美景从头数
我今试作《清明中国图》
豪情不曾让李杜
纵然豪情不认输
万里中国千姿百态难写足
昨天　豪杰英雄大浪滔天去
今日　英雄豪杰谁敌手
清目到来且拭目
双手高爵奠美酒
尧舜之后秦皇立
唐宗宋祖饶风流
孙中山　毛泽东　邓小平
迢递千峰　千峰迢递最上头
今天　平和温雅人物在
明日　民主雍容再画筹
清明节　清明图
清明中国看不足
今日为君颠倒淋漓歌一曲
他年看我中华繁花似锦胜千俦

春节祝词

2013年

龙走蛇来逶迤长
冬歇春起耕耘忙
事业递进费画策
民生稳健细忖量
黛目睇笑三千念
朱炮盘地十万响
旧辞去年余韵在
别裁新句祝安康

2014年

事业待成寄意骏马
一冬无雪仍咏梅花
只为春来何愁夏至

满垄满畦密果稠瓜
儿郎遍地点响爆竹
老友对酌感慨年华
今日共君重拾童趣
灯笼糖块新鞋新袜

2015年

五十二载再逢年
天尚薄寒　衣尚择单
骀荡春风　来自函谷关
出雁门　上居庸
习习又出嘉峪关
九州遍暖
人间　去年
引水易道　夷陵成原
世事起伏有乱弹
天之意　今年春早来
安排分明　四季界限
总嫌雪少梅花淡

催促迎春上枝巅
且赋小令　明白心愿
老友安康　新友圣贤
亲人不易旧时颜
往事多美好　宿酒慢消残
耳边不闻爆竹声
隐隐春雷在心间

2017·拜年长歌行

雄鸡值年班　序次又轮转
既是盘中味　又是司晨官
饱腹寻常事　忽复忆从前
鸡犬每相闻　邻里嘘暖寒
轻狂逐鸡走　贪馋窃新卵
春来春去溽夏寒冬难忘却
鸡唱鸡舞猪尾鼠首总相连
风霜历阅人儿健
醇酒三樽上眉间
我欲低头啄虫除害尽

又恐鸡公鸡母心中嫌
我欲伸颈学鸡唤君起
又恐惊醒春趣梦里甜
拜大年　拜大年
放得春光满窗绿
贺词一阕上君颜

垂帘听政

流苏琥珀黄　鹅绦串成行
你垂帘垂下来
听我心在响
皓齿笼莺舌　明眸觑柳浪
你垂帘垂下来　决断我彷徨
灞桥　曲江
丽人踽踽行踽踽往
远处华殿残酷金
宫名唤未央
名节　莎草
扑簌簌爬满朱红墙

安谧静淑　静得嚣张
你是朱唇利器
你是玉腕凭挡
你是眉簇　心攒

语疾　眼厉
你是烧烫了的熏笼
你是堆锦的泥障
你是狠下了的那截儿不肯狠的私想

私想　帘外江山怎停当
听大风起兮胄甲铿锵
听投鞭坠兮塞断长江
听纶巾羽扇琴剑歌唱
听三十六计步儿踉跄走为上
又听得须眉无计　野调无腔
两千年俗词滥觞
贪图些船舶秦淮
私幸苏杭
丹炼三清
封禅玉皇

垂帘听政
粉黛胜刚强
七成情智决胜十二分荒唐

一窍乍通决胜目迷五色八廓张扬
垂帘垂下来
刀断乱蔓　见血一针
垂帘垂下来
秀发飘袅　鬟髻恰当
垂帘垂下来
简洁凌厉法典朝纲
垂帘垂下来
柳眉倒竖
莺语浏亮
垂帘垂下来
送走梨园白发三郎
悄悄进来莲花六郎

垂帘垂下来
我心为卿响
垂帘垂下来
决断我彷徨

1978年早春的丁香

再也看不到1978年早春的丁香了
它带着我们的初识和初恋陨落了
它带着我们奶白淡紫的情愫陨落了
当时我们不曾理会
以为丁香会一年年开下来
我们宿舍里的情话
我们操场上的笑语
我们明月下的草坪
我们街灯下的倩影
我们深信
绝不会缺少丁香花无穷无尽的依偎和簇拥
可是我们后来习惯了它年年的到来
丁香花的香气似乎越来越淡了
丁香花的花瓣似乎越来越寻常了
丁香花属于越来越多的人

今天，我们才越来越觉得
唯有1978年早春的丁香花才属于我们
因为1978年早春的我们曾经是那样骄傲
因为1978年早春的我们曾经是那样热情
因为1978年早春的我们曾经是那样朴素
因为1978年早春的我们曾经是那样年轻
像丁香花一样的骄傲
像丁香花一样的热情
像丁香花一样的朴素
像丁香花一样的年轻
那是我们独享的年份哦

四十年　谢过了
我们又遇到许许多多的花木
我们又领略了与丁香花不一样的芳香姿容
我们被迷醉过
我们被惊诧过
我们练达了
我们成熟了
我们还在乎什么

我们还在意什么
沧海的水哟巫山的云
我们失去了视觉和味道
我们失去了朴素和热情
我们成了现在的现在
我们成了如今的如今

丁香花啊丁香花
你昨晚又进入我们的梦
我的手摸到这个梦了
我的鼻子闻到这个梦了
还是四十年前一模一样的味道
还是四十年前一模一样的心动
我还能用我的喊声留住你吗
我还能用我的泪水留住你吗
1978年早春的丁香花
我们青春的细节
我们青春的象征
当一大群人的命运被一个人改变
丁香花满枝满枝地含苞待放

好像我们这一代人芳香的灵魂
哦 我们的丁香花
我们的梦

补记：山西大学政治系七七级学兄赵晋蓉先生为参加2017年冬举办的七七级“相识四十年”活动，委托我写一首朗诵诗做个节目，故写此诗，后经晋蓉兄修改，与几位同班同学一起诵读，据说效果不错。我姑且认为是气氛情感所至，有声有色便得到回响。去年晋蓉兄以七十龄遽然离世，回味此诗，心作隐痛，天国亦有丁香花开，那是先逝者带去的，包括我的同班同学杨象宁、连福康、傅健君。

种牙记

我被种了十颗牙
右上三颗，左上四颗，左下三颗
才五十五岁，口腔有了过堂的风
我被肿胀，被疼痛，肿痛又被羞耻隔断。
不敢笑，像女孩一样地掩口
怕人引用鲁迅的文字
笑人缺齿曰狗窦大开
《从百草园到三味书屋》
警句被拔出来，留下乏力的字里行间。
牙床，全是缝针
麻药消退后，线角支棱着
去舔烂尾楼的钢筋，毁坍的城垣
像战争片的片场，流血的泉眼
叠现的画面，忽然转换到我的少年
想起来彩色的糖纸
蛀坏我牙的古巴黑糖，伊拉克蜜枣

猪油糖，鸟结，巧克力，朱古力
橘子硬糖，话梅糖
杏霜糖，VC橙味糖，豆面酥糖
红虾酥，动物饼干，槽子糕
桃酥，和不去想名字的糕点。
蜡糖纸上的工农兵
玻璃糖纸映出的糖块的凝脂
是北京的感觉，是上海的感觉
是很远处大城市的奢侈
从甜，更甜，酸甜，奶甜
细致着满足的男孩
和他翩翩幻想的少年。
种牙当晚的梦，梦也被糖蛀烂
蛀成绿叶的洞，很难看，也很好看。

我有一个糖爸爸
小工厂的采购员
五口之家的户主，却不当家
他是为我专配的糖果采购员
他经常把小人书买重了

连同爆米花，和所有城市的糖果蜜饯
他让唯一的儿子吃尽世界的甜
因为妻说抱来的这个儿子有福气
家中所有的苦难熬到了终点
在中国的1963年。
他从牢狱里出来（投机倒把罪），做了爸爸
妻等他四年，天天唱算粮
寒窑，山西梆子，恢复了身份的王宝钏。
因为我，一家人都找到了位置
姐姐上班了，姥姥老了
我一人吃糖，他们都尝到了甜
生活开始快乐，蒸蒸日上
我是核心，全家人围绕着我一起童年。

牙种上能长出来吗？
提问题的智商不像是中年
牙桩在上下腭骨静静结合
大夫说需要大约九十天
又说需要一百八十天
种过牙的朋友笑了，大约等一年！

三个月？半年？到明年春天？
我用牙床吃饭？我用门牙吃饭？
松鼠，老鼠，兔子
我回归到啮齿类的自然？
失去臼齿的咬合
空荡荡的，我想落泪
黑洞洞的嘴角，哭相肯定难看
我失去的臼齿
咬过麻糖，西瓜的臼齿
那嘭地裂开西瓜的暑期哟
咬过烧肉，酥肉，带鱼的臼齿
那炮硝肉香的除夕的午夜哟
晚上十二点吃一碗肉接着睡觉的少年。

牙齿没了
那些被品尝的春节没了
买糖的爸爸没了
做肉的妈没了
牙能种出来，爸呢？妈呢？
如果人也能种出来

我想直接看看爸妈的童年
他有没有糖吃
她有没有肉吃
反正他们五十五岁时比我牙好
我委屈么，吃了十几年糖果
难道不该用十几颗牙齿偿还？
十五年了，十三年了
妈和爸离开我，各用了这么长的时间。
我一直没写怀念的文字
我不想写小文章，小诗
我想把他们写进长篇
我要做主人公
他们是主人公故事的主线
直到我种牙了，不曾想到
爸妈的故事又肿又痒地提前发生了
在今天早晨，在昨天夜晚。

太原往事

1963年
冬天连着春天
三月二十一生下了我
柳絮槐花还有榆钱儿

1969年
夏天跟来秋天
我妈背上我上小学
学校在那府东街

府东街右拐是柳巷
柳巷右拐是鼓楼街
鼓楼街直对着北司街
每天上学转圈圈

一年级二年级三年级

三好学生当了整两年
算术考了八十九
写作文才能有尊严

府东街有个红楼大院子
临到跟前脚步慢
人家不在自家等
人家出来咱跑得一溜烟
至今不肯提她的名
不是初恋是暗恋

鼓楼街上有我家
六十二号是个葫芦院
我妈养下十几只鸡
每天下学我把菜叶拣
白菜帮子茴子白叶
葱叶子呛得睁不开眼
最远跑到大南门
迎泽大街马车过去粪蛋儿圆

暑假成立了向阳院
写不完作业不能玩
女同学跳皮筋闪金光
麦浪滚滚很好看
红星闪闪放光彩
青松岭上的艳阳天
南征北战，地雷战
男同学的弹弓枪只能打纸弹

东山的烧土西山的炭
锅里做好了和子饭
打好煤糕腌西红柿酱
一切不用我动弹
读杂志，读长篇
没头尾的小人书轮流看
在家不系红领巾
充满幻想的好少年

七律（四首）

赠纪昌

穷乡僻壤客来稀
忽闻人赠军大衣
岂止眷民急送暖
更兼忧国重寒嘘
书生已近五十五
鬓毛稀疏不忍觑
纵使天许九十九
一提乡村泪便滴

静　奈

烟火人间千张嘴
锱铢相较承者谁
谈笑六朝云霞过

度忖五内得舍非
从来英雄难停调
况尔庸钝肯听遂
儿郎耐烦耳边事
一任镲铙紧相催

五十自述

深色难掩新发白
五十弦曲十八拍
谁唱青春似小鸟
乌起银落不复回
又似满山梨枣熟
逐树黄红替青白
儿童贪嘴多围绕
牛顿坠下果子来

咏　秋

人生五十早知秋

不借明月照西楼
醉剥螯蟹少酒量
解舞婵娟欠歌喉
李诗苏词记参差
来世今生费绸缪
眸子波闪情堪忆
天河地水兀自流

元宵新词

十五轻雪欲打灯
新政尚简灯难寻
六瓣水骨无着落
扑侬衣襟　沾我双唇
三十年前事　倏忽想到今
父母犹健在　儿女正葱茏
朴质旧岁月　酒厚肉味浓
小巷黢黑灯稀少
三两爆竹脆生生
炮尽袖手冻脸回
陋室逼仄　情意融融
且点小灯笼
屋内院里明
挑灯出街看
满天雪已停
而今繁华灯如海
谁人稀罕纸灯笼

只是旧人旧迹无觅处

所以轻雪稀灯犹动心

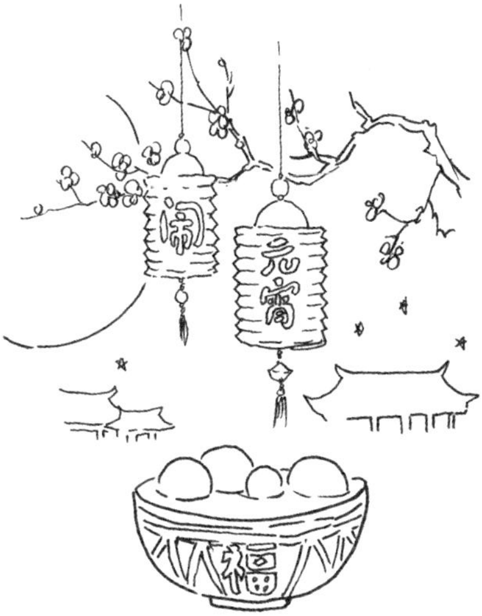

南乡子·元旦祝词

几迁仍并州
汾水东西起高楼
十三年间多少事
悠悠
深冬薄衣寒未透

春来人依旧
一自风流更风流
谁许花期争序到
且留
满目红紫渐成就

清明时节

张晶大前天回到太原
牛云山前天也回到太原
太原安息着他们的祖先

我们用汾酒来慰问他们
他们也是来寻亲　我们是亲的一道源

老牛回来得多，因为父母走得早
张晶回来得少，因为老父亲走得晚
无论走得早与晚
记忆却载满了几十个年
端起互相慰藉的酒盏
我们中年的风貌有似父母的当年
同学的聚会有如家长偶遇的闲谈
青涩的我们躲在哪儿了
青涩的我们好像就躲在一边

毕业了去哪里
日子什么是努力什么是苦和甜
我的儿你的女能不能结缘
咱们老了，孩子们的生活能比咱们的从前？

一阵云烟是过去了的事
可生活却是永远散不去的云烟
我们又继续着我们父母的闲谈
桂郁青竹要当公公婆婆了
英明绒菊的女儿夏天准备出嫁了
冯德光秋天要娶他的女婵娟
云山的儿子在美国读了名校
张晶的小桐离开鹿特丹
哪里都是他人生新的港湾

旧人走了许多
我们的父母，我们的老师
我们的伙伴
新人添了更多
儿媳女婿孙子外孙

马尼拉的台湾福建人
红樱桃口红的大宝
率领一干不老的徐娘恐后争先

有些伤感又不只是伤感
端起的杯盏又不只是杯盏
有些仪式有些意思
有些故事永远也讲不完

太原的春天为什么这么慢

太原的春天这么慢
我在太原生活了五十多年
从没感觉今年的春天来得这样慢
黄的连翘粉的碧桃连同绿的柳芽都已经新了
汾河水面上却仍有迟迟不去的春寒

迎泽大街上拐个弯
去寻找那熟悉的小馆
白色的汾酒要连饮三杯
酒盅有春天里的春天

苏堤的春天肯定是绿肥红艳
鹭岛的三角梅冬天过来是没有中断过的诗篇
再往远，再往南
城边的扶桑花红得任性
马尼拉的毛茉莉像不耐燠热的六瓣雪片

人家的春天？外面的春天
不　马尼拉是旱季
他们不知道什么才是春天

再饮三杯酒
太原的春天为什么这么慢
枝条上才缀了些个苞
拉扯着才散了席的秋天和冬天
你是要展示你的胴体么
你是舍不得四个季节的缘分么
你是挽留着什么
舍不得什么
你这两千六百年的太原
你这慢慢腾腾的春天

考证李白晋祠泉水如碧玉
是夏天么
只记得王维害怕西出过阳关
可能是冬天
王之涣欲穷千里目

鹳雀楼四下必当是果实里的秋香油然
白居易感慨长安米贵
不成又是这般青黄不接的春天

再饮三杯酒
还能吟诵什么样的诗句　什么样的篇
我的太原春天这样的慢
是扶老携幼的少妇
是醒活新酒的杯盏
是冻瀑初解的水滴
是爱人缓颊的笑靥
我的太原慢慢的
春天来得这么矜持? 散漫
这春天，这夏天
那冬天，那秋天
你是知晓盛衰的季节
你是展现枯荣的季节
你把生命的整个过程呈现给我们
一花一叶一枝一干
连同地下的根须

没有一丝丝的装扮和隐瞒
你是慢慢地卸妆慢慢地上妆
你是不去逢迎独自欣赏的我啊
你是镜子外的本心
你是镜子里的娇憨

再饮三杯么
汾酒流进我的胸腔
像汾河流进我的太原
没了寒冷的冬天像空瓶子
把酒香剩给春天
胸腔里的酒？河道里的波澜
慢慢地暖着城市和人的心，胃
慢慢地上了头，慢慢地红了脸
慢慢地到来了？太原的春天
我不愿让她快去的？春天

中秋献给你谄媚的诗

王维诗说遍插茱萸少一人
少的是一个女人
三十年前她二十七岁
有几分姿色，旧照片为证
她现在穿戴齐整一些
阿亚拉113号成了徐娘的门
虽然有了皱纹
依然肤如凝脂
虽然脾气越来越大
冷笑　讥嘲　轻蔑　愤懑的闪回中
可以定格背后埋设的情
就像我头皮上不在乎稀疏的毛发
却吹嘘她在上面留下数以千万计按摩的爪痕
她上个月刚买了一支十万元的翠镯
让我的珊瑚项链失掉了红
她放声地笑

喝掉四两高度白酒
她委屈地哭
因为支票空着头
二十三年又多出三个月
不肯认成假
不肯认成真
真的是他还在尽意尽心
假的是他只在尽意尽心
2019年的中秋
在遥远的阿亚拉
于是四个月亮都升上天空
叫你无处躲藏
叫你尽情享用
你是菲律宾七千岛屿中新添的一座
你是炎热国里一场清爽的风

2020年的美丽想念

不管逝去了多少的岁月

我们仍然把希望放在明天

不管二月的春风剪裁了多少株杨柳

不管孟夏拱涌多少朵荷花出淤泥而不染

也不管仲秋的晴空多少只黄鹤排云而上

我们依然放不下深冬对无数蜡梅的渴盼。

我们仍然热爱亘古不变的春夏与秋冬。

有生长有休歇，能盛妆能本色。

我们热爱风起云涌的全年，有起伏，有涨跌。

有千曲百折有一马平川。

我们由衷热爱1949，1979，1997，

还有2008，这些诞生奇迹的年份啊。

我们继续等待2020，2021，2049，并许下坚定的诺言。

我们经历了人生的四十年、五十年、六十年。

历史早已把我们镶嵌在复兴长卷中的每一个画面。

这是多么丰茂的画面。

中国将唤醒每一寸土地，每一条河流。

远望黄土高原，遥拜青藏高原，攀登云贵高原，以及无数的盆地和三角洲。

让祖国山河增长至最新的海拔

最新的界面。中国的每一个人被引领、被思考、被锤炼、被重塑！

被下海了！被创业了！被拉进朋友圈了

被排入全世界旅游的行列了。

河南人、东北人、兰州人的大嗓门

唤醒了阿尔卑斯山、内华达山和富士山的梦魇

闽南人、温州人和广州人

满潮涌动至北太平洋、南太平洋和印度洋的波澜。

人民寻求公民的权利尊严。

国家寻求民族的话语权

我们未来的几十年；

我们儿孙未来的百年；

我们民族未来的千年万年；

朋友们请看，

2020　多像两个并肩奔跑的二十岁青年

跑道是优美的弧线、曲线
起起落落连缀起来就是天下最美的丽水奇山
2020　又像时钟指向的傍晚
江岸灯火　月空焰火　餐馆里的烛火
这难道不是步入中年的我们，正静静享受的璀璨？
2020　更像美人的弯眉和凤眼
那是谁也阻挡不了的魅惑啊
那是五千年家族诞生的
豆蔻梢头的桃花门户的
芙蓉向脸的美好容颜
是我们年轻母亲的容颜
是我们曾经年轻的现在年迈了的母亲的容颜
2020　正是征途上的年份
前面有不平凡的七十年
后面有更加炫丽的八十年
为爱中华
我们努力迈越几十个辉煌的驿站
为爱中华
我们努力书写无尽的动人诗篇

找星星

都说草原之夜最明静
兄长邀我们到淖干诺尔看星星
今天晚上哪里有星星
含雨的云朵如同青色的幕布罩下来
闪电忽东忽西它们是跳舞的精灵
蒙古包里好酒好菜摆上了桌
主人客人一同响起来笑声与歌声
静夜思　李白　唐
我本是卧龙岗散淡的人
要说勇敢的小伙子
数那放马的阿尔斯愣
酒桌上快乐的节奏没完没了
蒙古包外呼应着不停不歇的大风
有人说风刮尽乌云天上就会出星星
现在这时候还看什么天上的星星
眼前，桌旁不都是明亮的星？

豪爽的胖妹小昕昕
丰腴的美女美丽星
妹子般年轻的嫂子赛杨幂
甜得如同一只小蜜蜂
天上的星星躲起来
地上的人哪全都是精灵
欣欣的钥匙跑远了
它想去打开每一扇门
若冰兄的手机跑远了
去和嫂子叙衷情
醉酒的草原之夜
像年轻人一样情深意浓
忽然有人高声叫：凯哥，出来看星星
披上衣服出去看天空
天空是块缀着钻石的蓝丝绒
我四下招呼众弟兄
还有这般好客的草原主人
从来没有过的快乐和兴奋
在月亮星星的照耀下
我们都是来自天上的人

台平村夜话

如果说秦岭是中国南北的屏障
太行山就是一条神奇的脊梁
西面黄土高原　东面华北平原
禹封的九州呵　星罗棋布
风来雨往　禾黍稻粱
两千年　人民创造了传奇的历史
大禹治水　神农稼穑
共产党重新安排祖国山河
人民的传奇更加辉煌
1960年　在昔阳
大寨人七沟八梁一面坡　向天借粮
1962年　在陵川
锡崖沟人三十年　公路挂壁伸向远方
1976年　在辉县
几十万农民砌渠引水到垄头
郭小川的《辉县石头歌》今天读起来依旧激情昂扬

2013年　全国精准扶贫，一部宏大史诗！
太行山扶贫就是其中辉煌的篇章
陵川县这行诗里有一个诗眼
郭建平　郭子涵
父亲和女儿的故事韵味悠长

不是一个伟大的决策
生活会如同往昔一样平常
郭建平　一个企业干部　即将内退
会选择二次创业　旅游　为女儿积攒嫁妆
郭子涵　一个毕业的大学生
会不断选择更好的职业
寻觅美食　时装　与朋友欢聚
享受青春恣意的梦想
可是
城市之外还有七千万人极度贫困
美丽山川间夹杂着从来已久的僻壤穷乡
十一届三中全会　联产承包实现了富裕梦想
党的十八大彻底要消灭绝对贫困
全面实现社会小康！

于是　郭建平同许多干部一样
来到陌生贫瘠的台北村
任扶贫第一书记兼驻村工作队队长
一切工作从小处着想
为老党员领取轮椅
八十岁老人重新沐浴阳光
三番五次劝说五保户住敬老院
离开潦倒黑臭的土坯房
私家车成了村民的公车
农民婚礼上烧火切菜　主持婚礼
村里人对他就那么信仰
他还要修路　建蓄水池
他还要帮助老乡卖小米
直到2019年8月2日
五十一岁的心跳　休止在岗位之上
9月2日　整整一个月后
郭子涵接力父亲的使命
母亲放下一切来陪二十四岁的女儿
两只燕子结伴　飞入大山深处的苍茫

母女俩的第一个白天从吃夹生饭开始
母女俩的第一个傍晚从扑打叮人的蚊子开始
一切只是开始　一切却开始改变模样
敢来这个台北村
姑娘就不是一般的姑娘
十个月　三百天
她和大家完成了父亲没做完的事情：
观村到台北村的路修通了
村口小碑到煤窑沟的路拓宽了
台北村　卧牛村的蓄水池建成了
村里的危房修好了
台北村的小米　核桃卖出去了
侯小毛老人领到一级残废证了……

2021年　春天的一个夜晚
劳累的女儿进入梦乡
她见到了父亲　父亲还是当年的模样
（女）爸爸，你在天堂好吗？
（父）我好！你在台北村好吗，孩子？

（女）爸爸，2020年底台北村和全国十二万

八千个村子一齐脱贫了！你高兴吗？

（父）我当然高兴！孩子，你可累瘦了！

（女）爸爸，你能看到我吗？

（父）能！能看到，我看到那几条路都通了，都宽了！

（女）爸爸，两个村的蓄水池建好了！

（父）建好了！老乡们吃水不用发愁了！

（女）爸爸，乡亲们的山货都卖出去了！

（父）卖出去了，老乡们零花钱不发愁了！

（女）爸爸，你的追悼会上台北村来了多少人

他们是第一次走出大山啊！

（父）都来了，都来了，

我在村里只待了一年半，

他们却待了一辈子，

中国的老百姓，多么的善良。

（女）爸爸，你工作的一年半

成了中国扶贫的榜样

你是一千八百名扶贫烈士中的一员

咱们父女俩接替扶贫　故事已经四下传扬

（父）孩子，我想听听以后的故事怎么讲？

（女）爸爸，扶贫工作队变成了乡村振兴工作队

总书记说脱贫不是终点而是起点

要让社会主义新农村彻彻底底变个样！

爸爸，我们计划在台北村种满白皮松和连翘

（父）孩子，我看到了，看到了！

（女）爸爸，你怎么能看到？这可只是计划！

（父）孩子，天堂的目光可以穿越时空，兑现所有的想象。

（女）爸爸，我们还要组织大家采摘桑叶、酸枣、蒲公英

（父）看到了，看到了！

一筐筐的嫩绿、深红，飘着清香

（女）爸爸，我们还要修建两个中心……

（父）看到了，看到了！

老人们白天有人照料

村民们晚上有了娱乐的地方

（女）爸爸，我们还要给村里修门楼

我们还要用电力给村民供暖气

（父）我看到了，我看到了！

（女）爸爸，你还看到什么？
（父）孩子，我看到了你和妈妈相依相伴
我看到你在大家的支持下不断成长
我看到你恋爱了，结婚了，儿孙满堂
（女）爸爸，爸爸
天堂是什么模样？
（父）孩子，孩子
天堂再美好，也没有你们在我身旁
和妈妈在一起吧，和同事们在一起吧
和台北村的乡亲们在一起吧
实现了你们所有的理想
人间就是最美好的天堂

父女间的对话完全是虚构
却满足了许多人的美好愿望
爸爸和女儿是两颗金子
金子就要散发出光芒
中国共产党就是要集中全国的力量
实现人间不敢梦想的梦想
没有伟大的宫殿

闪光的金子哪有鎏镀的地方
没有伟大的斗争
英雄哪有显露身手的战场
只要提炼出一个个鲜明的时代主题
中国就从来不缺乏磅礴的青春力量！
太行山，
你是黄土高原和华北平原中间
一道高高隆起的脊梁
大山上有许多老树和新树哟
新树峥嵘，老树倔强
郭建平　郭子涵
父女两代同做一件大事
一件大事成就了亘古未有的榜样！

又过二十年我们再相会

同学们　同学们
按班排队 ，按组排队
四十年后的今天
我们的点名终于押上了韵
来！同学们，一齐诵读《卡拉玛佐夫兄弟》
来！同学们，一齐诵读《长歌行》《梁甫引》
试一试，还能不能重新激荡起我们青春的激情
所有的你们，所有的我们
调整节奏，分开段落
加重语气，押上韵脚
追忆四十年来每一个丁香花开的季节
讴歌四十年前每一个灿烂无比的青春

入学篇

上大学，进省城

多少个家庭有了伟大的象征
我们是工人的后代
我们是农民的后代
我们是五类分子的儿孙
我们是臭老九的儿孙
我们的先人经历了跌宕起伏的革命
我们的先人经历了舒卷不停的风云
那时的中国还很穷啊
城市的街巷还很狭窄
那时的中国还很旧啊
农村的山路荆棘丛生
但这一切的一切从我们开始大大变化
一个时代的好运落满我们的前襟
录取通知书一张普通的硬纸
换来一个家庭的幸福爆棚
母亲欢喜的泪水，父亲洪亮的嗓门
老迈的爷爷抖擞起了精神
把所有的委屈苦难抛到1980年秋天的晴空
中国开放了！中国进步了
中国开始了从未有过的繁荣

我们是十六岁到二十岁的少年
我们是才学会爱美的青春容颜
你认识了我，我认识了你
是面缘还是友情？是爱情还是好感
第一次接触是在一灶还是操场
是图书馆外的松林
还是毛主席塑像身后的主楼之前
是听倦了古代汉语眼神偷换的一刻
还是公共英语课迟到时众人瞩目的瞬间
听靳极苍先生的《诗词欣赏》
听刘芸灏先生的《现代文学》
欣赏顾植先生粉笔末儿落满蓝衫
欣赏戚桂宴先生萎靡中忽现的俊目顾盼
去抢占座位　去整理笔记　去借阅参考书
认识老师　认识同学　认识文学
认识《排球女将》里的小鹿纯子
跟着大三大四的学长学姐
陶醉于女排夺冠振兴中华的锣鼓喧天
早晨起来听到泉水叮咚

开始我们与之前不一样的每一天

文学篇

我的第一志愿是中文系

我的第一志愿也是中文系

伤痕小说　意识流诗歌

文学是中国思想解放的港湾

《十月》　《收获》　《诗刊》

是我们寄托理想的风帆

“呦呦鹿鸣，食野之苹。我有嘉宾，鼓瑟吹笙。”

“生年不满百，常怀千岁忧。昼短苦夜长，何不秉烛游。”

古人的韵脚，我们的节奏，满齿的余香，引惹别人艳羡

“黄河之水天上来，奔流到海不复还。”

“噫吁嚱，危乎高哉！蜀道之难，难于上青天！”

壮士的慷慨　智者的计谋　宏大的气魄　抒发少年情感

“两情若是久长时，又岂在朝朝暮暮。”

“撑着油纸伞，独自彷徨在悠长、悠长又寂寥的雨巷

我希望逢着一个丁香一样的结着愁怨的姑娘”

苏轼的愁　杜甫的愁　陆游的愁　戴望舒的愁

千愁百绪啊　给女同学写情书　替男校友写情书

“生存还是毁灭，这是一个值得考虑的问题；默然忍受命运暴虐的毒箭，或是挺身反抗人世无涯的苦难，通过抗争把它们扫清。”

“这是一个最好的时代，这是一个最坏的时代；这是一个智慧的年代，这是一个愚蠢的年代；这是一个信任的时期，这是一个怀疑的时期。”

我们通过文学认识世界　学着成熟　学着变化

创造我们自己的文学和世界

我们拥有姚奠中　我们拥有靳极苍

我们和章太炎　鲁迅牵引上因缘

我们聆听孟维智　我们聆听戚桂宴

我们成了段玉裁　孔颖达的学员

我们跟读刘毓庆洪洞版的《诗经》

“氓之蚩蚩，抱布贸丝。匪来贸丝，来即我谋。”

我们模仿刘芸灏大连版的孔乙己
“酒要一壶乎？豆要一碟乎？”
从未谋面的游国恩先生和郭绍虞先生
介绍我们认识了曹植　鲍照　谢朓　陈子昂　司空图　洪昇孔尚任
鼎鼎大名的朱光潜先生和宗白华先生
引见我们知道了黑格尔　罗丹　拉奥孔　车尔尼雪夫斯基和叶塞宁

没有文学的描述世界将失去精彩
没有创作的才华生活将失去灵魂
于是我们在教室和图书馆大段大段地抄写　背诵
于是我们在人群中树荫里低声低声地斟酌　沉吟
风华正茂的女诗人
操着方言的小说家
一并被我们仰慕　包容
赐给我们所有的词汇和韵脚
赐给我们所有的情节和典型
我们就是蒋子龙　王蒙
我们就是谌蓉舒婷

爱情篇

她没有叶赛尼娅的泼辣勇敢
静如春水　一袭白衫
含着露水的眸子如此清新
我愿她是《红河谷》里的女主人
情愿为她失眠　魂牵梦萦
他不是从澎湖湾来的少年
他的外婆叫姥娘
但他像歌声里的少年一样
矫健的身躯　稠密的黑发
洁白的牙齿和永远爽朗的笑容

爱情在每一个宿舍里展开
无论是在约会里还是梦境中
文字在每一篇纸张上聚集
细细密密押上韵脚地成了情诗
急不可耐急就成章地成了情书
我们谈论着高仓健的冷峻

三浦友和的深情
议论着李连杰的俊朗
达式常的从容
我们评点着姜黎黎的俊美
山口百惠的温婉
试着模拟潘虹的幽怨，
复述栗原小卷明媚的表情
我选择白杨又心仪红枫
我中意百合又爱慕迎春

什么是至纯至真的爱情
什么样的人与我相伴这绚烂的一生
如切如磋　如琢如磨
好了又分了　散了又聚了
我们到底要什么？
美貌　气质　心灵的沟通
城市里的职业　殷实的家庭
我们谁能说得分明
一切的判断有的落实 有的落空
幸运的是我们成就了八个人的姻缘

共同走过四十年依旧从容
今天　他们仍然一起穿着情侣的装扮
今天　他们仍然一起在周末走遍乡村田垄
今天　他们仍然需要彼此依偎的肩膀
今天　他们为儿女婚礼朗诵诗篇还是充满着激情

你和我　我和他　他和你
一起为他们礼赞
一同被礼赞的还有
我们之间彼此收藏的好感和旧情
一同被礼赞的还有
我们之间没有画完的那个圆
圆和不圆永远都是我们青春的图腾

毕业篇

四个春夏秋冬
八个学期读书交友的平生
唱着我们的中国心
难忘今宵的梦境

大食堂里的推杯换盏
路灯下热泪盈眶　痛哭失声
再见了我的老师　再见了我的姊妹弟兄
舍不得你是舍不得你我他发生的故事
舍不得你是你我他的故事更替了主人公
舍不得曾经的同窗同室将分配到不同的地方
不同的地方季节一样寒暑不同
我们还能穿同一季节的衣服吗
不同的站位不同的角度
我们还能用不同的声部唱出相同的歌声

我们还在感觉　我们还在思忖
身边的中国发生着巨大的变动
黄河的伤痛让我们鄙薄黄色
蓝色的崇拜让我们崇拜大洋的文明
改变现行落后的体制
解决社会当下的一切顽症
价格双轨制　砸烂三铁
辞职下海　开始我们的第三产业
一切都欣欣向荣

我小山一样诗集啊　杂志呀　书稿哟
一切一切都变得纸一样轻
文学成了社会的旁观者
经济　法律　管理　金融颂诵着这个社会的真经
于是　告别我的写字台　讲台　办公桌
泅入商业的洪流之中
卖钢材　卖书籍　卖酒菜　卖煤炭　卖铁丝网　卖保险
卖能卖的一切　应酬交结　大醉酩酊
偶尔吟诵《琵琶行》
我们成了白居易和琵琶女之间的那个商人
有时候重温莎士比亚
我们自嘲会不会也计较那一磅肉是重是轻
更多时候我们想不起自己的初恋和初心
不管我们如何繁忙
我们的闲暇仍然瞥看书柜里的典籍和课本

今天篇

十年聚会

我们说你胖了　你变美了

我们说你下海了　你调动了

二十年聚会

我们说你升官了　你换大房了

我们说你发财了　你整容了

三十年聚会

我们说你孩子出国了　你又结婚了

我们说你谢顶了　你养生了

今天是我们的相识四十年

我们说昨天给你发微信了

说来不来你有什么事情

虽然过去了一切一切

今天的一切仍然有迷人的风景

消失了青春期的猜疑怨恨

超越了发展期的比胜斗赢

你关心我的儿女何时婚嫁

我问候你酒量还能不能再来半斤
彼此珍重更加珍重

这四十年经历太多太多
政治上风云变化
经济下行　市场繁荣
大地震　大水灾　大疫情
奥运会　大阅兵　中华复兴
中国人口达到十四亿
中国的增长高度何止是从平房上跃到的三十层，四十层
改变我们每一个人命运的邓小平
引领我们实现中国梦的习近平
我们曾经阅读过许多英雄
这就是我们亲身经历的时代回声
四十年过去了
才更加明晰地知道我们共同的籍贯还是中国
重新阅读封存多年的藏书
审阅我们学生时代字里行间批注的红
我们一起诵读曾被忘怀的经典

寻找被我们放慢频率的春心
我们不再哂笑和自嘲
开始崇拜四十年前的自身
那是对青春的崇拜
从儿女身姿里搜寻我们当年的形影

青春万岁
八十年代新一辈万岁
八十年代万岁
中国万岁
这是我们共同的心声!

跋

差不多三十年前，我和大学同窗冯凯合作出版过一本诗集，曰《边走边唱》，那种很薄的，设计和装帧都很简单的小册子。收录其中的，皆是我们在大学期间及毕业之后写的诗。作为一份年代的记忆以及个人成长的心路历程，尽管简单，却很纯真；虽然稚嫩，却很朴实。再者，那个时候，还是一个读书的时代，纸质载体占据主流，捧着本书看是一道美丽的风景，能出本书是一件很难得、很神圣的事情。

光阴如流，春华秋实；雨雪风霜，边走边唱，《一心一意集》如约而至。相同的，它仍然是一本诗集，仍然是两个人合作，仍然是跨世纪大背景下的凡人凡事古意古韵风月风情。

而不一样的，如同深秋的落叶，不胜枚举了。我们在主动或非主动择定的人生道路上义无反顾砥砺前行，我们融入社会和时代巨变的潮流中坚定信念不改初衷；我们从三十岁来到了花甲之年，我们让梦幻的星空洗尽铅华返璞归真："发黄的相片古老的信以及褪色的圣诞卡"，"年轻时为你写的歌恐怕你早已忘了吧"。

一如既往，本书的出版得到了北岳文艺出版社，以及社长、总编辑郭文礼的鼎力扶持和帮助；责任编辑马峻作为"全权代表"，不辞辛苦，以成熟的职业态度推动操持；我的同事也在诗稿的整理、打印诸方面提供了有力的支持；老朋友续小强先生不止为本书的设计编排费心，同时酌定了《一心一意集》书名。他的诠释很到位，首先，两位作者逾四十载的友情，谓之一心一意；其次，两人一直以来读书为伴、笔耕不辍，尤其对写诗情有独钟，亦谓一心一意。

年年岁岁花相似，岁岁年年人不同。不知不觉间，2021年就要过去了。套用冯小刚电影里的台词：我们都很怀念它。

和悦

2021年11月